升级版小学生科学探险漫画

探索世界大冒险

陈浩/著　晴天文化/绘

中国轻工业出版社

全国百位优秀小学校长、优秀教师
联合编审

（排名不分先后）

王洪夫	马步坤	丁国旭	卢 强	韩建州	高卫宾	李慧茹
朱雪玲	张德喜	姜文华	王春香	张兆琴	毛冰力	张莉香
李秀爱	梁丽娜	霍会英	邢连科	张卫勤	张利军	赵孟华
王贯九	韩德轩	吕国强	赵东成	吕付根	寇中华	葛运亭
张海潮	吕红军	蔡满良	李献中	郑彦山	范富来	陶丘平
康振伟	李富军	刘志敏	张明磊	金云超	张立志	张瑞舟
彭延黎	刘晓红	杨军亚	陈培荣	于建堂	吴贵芹	杨富林
马根文	张根军	李全有	康双发	侯 岩	刘洪亮	杨岁武
王茂林	李启红	赵云枝	周东祥	张华伟	王志保	李河山
李文彦	崔富举	刘新宇	杨海林	营四平	任国防	刘聚喜
刘新峰	潘贞瑞	黄四德	武永炎	孟庆德	朱五营	任敬华
陈建中	耿海根	陈新民	李世恩	陈淑华	丁汉洋	丁耀堂
胡耀丽	潘振生	樊来花	张海云	吴卫亭	李德华	吴双民
张会强	郑学德	张洪涛	张立新	杜 斌	刘青松	朱亚莉
姜 伟	张仲晓					

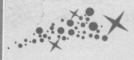

嗨，大家好，我是乐乐淘，今年10岁。我喜欢旅行、冒险，我有一个心愿，就是到世界各地去探险。

现在，在布瓜博士的帮助下，我和我的朋友小猴正在进行一次世界大冒险。我们经历了很多挫折，遇到了许多的困难，还认识了很多好朋友。这次的冒险让我相信，只要时刻保持积极乐观的心态和旺盛的好奇心，就一定会学到知识，发现以前不知道的秘密。

在我们所生活的地球上出现过许许多多的伟大建筑，也出现了许多美丽的自然奇观和奇妙物种，还有多种多样的文化传承，更出现了许多无法解释的谜题，对这些谜题人们至今也只能猜测，无法去解释。宏伟的金字塔、神秘的UFO、让人着迷的南极白色大陆，更有那些让人感到惊悚的魔鬼三角洲、不知踪迹的野人，无数的谜题让我们有着无限的遐想！

小朋友们，你们是否也曾有这样的遐想呢？是不是也想去了解古时候人们是如何建造宏伟的建筑、创造伟大奇迹的呢？想不想去了解古老的神话是否真的像传说中那样神奇呢？是不是也想要去看看地球上很多地方的美丽风光与神秘文化呢？

现在，你是不是也想成为一个小小的探险家呢？那么就从这套书开始吧，让我们一起去探索世界上各个地方的环境与文化，来一场真正的冒险吧！

人物介绍

乐乐淘

我叫乐乐淘，今年10岁，我喜欢旅行、喜欢冒险，并时刻保持着强烈的好奇心。我有一个心愿，就是到世界各地去探险，而布瓜博士正在帮助我实现这个伟大的愿望。

小猴

我是小猴，我可是一只会说话的猴子，是乐乐淘最忠实的朋友，据说，孙悟空是我的曾曾……爷爷，怎么样，了不起吧？还有，告诉你一个秘密：我的尾巴很神奇哟！

布瓜博士

我是史上最伟大的发明家，我知道的事情就像我的长胡子一样数也数不清呢！这次旅行中，我的发明层出不穷，想知道它们有多么神奇吗？那就快来读下面的故事吧！

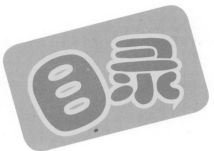

第1章
出发之前

第2章
初次体验时空飞碟

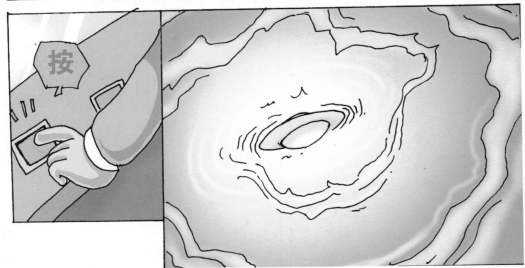

我们是在穿越时间隧道
还是时空隧道?

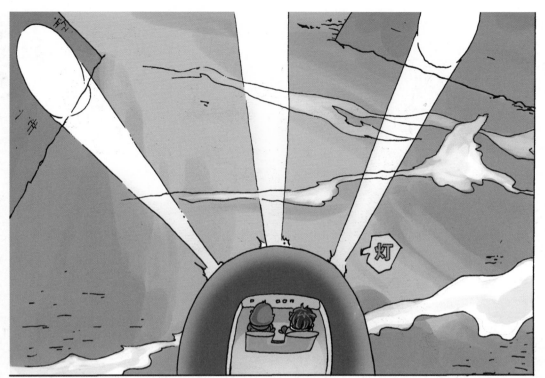

哈哈，你的样子真像你的曾曾……爷爷啊。哈哈哈哈——

有什么好笑的？我像我的祖宗很正常！

飞碟怎么办，就放在这里吗？

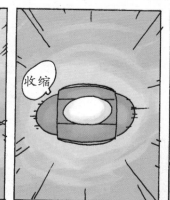

呼

洞口

我们找的就是它——金字塔入口。

怎么爬得比我还快？

小心一点。

第4章
法老的咒语

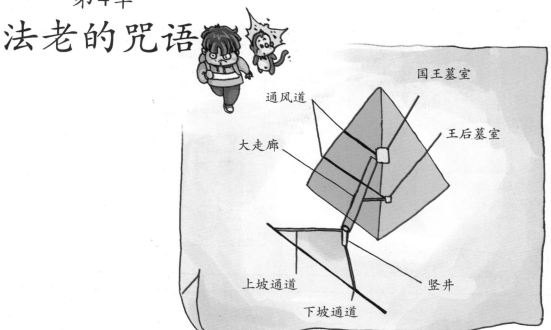

哇哦！

好多图案耶！

别急着往前走，我发现墙上有很多奇怪的图案。

小猴对这些没有一点兴趣。它最想看到的，是4500多年前的那些珠宝和木乃伊。按目前的时间算，应该是1000多年前……

古代的国王真无聊，死就死呗，还让人画这么多莫名其妙的图案。还不如把墙上都贴上金纸，让后人沾点光！

动物的无知和人类的聪慧差别就在这里，你就知道金银珠宝！

我们人类探险是为了寻找失去的文明。

小猴!

睁眼

布瓜博士,你怎么来了?

你的眼睛怎么样?

我的眼睛——感觉比以前视力好了。

倒退

它的眼睛刚才是怎么回事?不会是我的幻觉吧?

这是金字塔的力量。你背包里的水在这里吸收了能量,把水洒在小猴身上,力量就被它吸收了!

它现在不仅视力好,更是个大力士呢。

哼哼哈嘿，肱二头肌！

肌肉

现在的我可不是瘦弱的小猴子了……

现在我是大力士小猴。

所有的水都给小猴用完了！

虽然这里让小猴变得精神百倍，但是空气质量太差，我这把老骨头可不能在这儿待太长时间……

！

闪光

咻 咻 咻 咻

博士家

到家喽！

轰隆

哎哟，有生以来最烂的一次着陆！

第6章
寻找墓室入口

布瓜博士知道得真多!

原来法老的诅咒是骗人的。

哒哒哒哒

现在可以放心大胆地参观了。走吧,我给你当保镖!

这是探险,不是观花赏景。如果你想报答我的救命之恩,就走在前面开路。

开路就开路,我的曾曾……爷爷是世界上迄今为止最伟大的探路者!

呼呼

我为有它这样的祖宗而骄傲!

我要继承它老人家的优良传统。

前面就是墓室了!

这通道也太矮了吧！

越往里越矮——

胡夫法老考虑得真周到，后人来参观他的遗体都要先向他弯腰屈膝！

墓室

这就是胡夫法老的墓室吗？

怎么什么都没有？

咦？石板后面还有一间墓室，胡夫法老的遗体可能就在里面。

让我来把石板推开。哈哈，终于可以显示一下我的力量了！

小猴轻轻推开石板

下面该轮到石门了
嘿嘿——

我推——

门好低，我们只
能爬进去了。

爬···

蹲
下

这也太低
了吧！

哇哦——

哇哈——

墓室内

31

第7章
进入国王墓室

我们不是在做梦吧？这哪儿是
墓室啊，简直就是座宝库嘛！

当然不是
做梦了！

哇呀呀

哇

哦

惊呆

原来4500年前的工匠竟然有这么高超的手艺。

看

乐乐淘，你看我找到好东西了！

哇——

由于长时间的挥发，瓶里的香水只剩一点点了！

瓶塞还是木制的。

打开

好香耶！

整个墓室都是香水味了！

可是，布瓜爷爷说我们不能乱动这里的东西！

咱们再看看还有什么宝贝吧！

看在你救我的分上，就依你吧！

嘿——休息一会儿，大家猜猜，我像什么动物？

第8章
法老的守护者

难道是法老的灵魂？

不要乱猜了，我是法老的守护者！

我待在这里1000多年了，从来没有人进来过！

我们当初造的这个墓穴绝对是个谜中之谜！

1000多年！

后人不经过长时间的研究是进不来的！

可是……

你们……

第9章
神秘的帝王谷

啾

啾

啾

啾

舱门打开

好荒凉的地方!

这是哪儿呀?

飞碟

不用怕，这里是帝王谷!

洞穴内部

这些黑洞是怎么来的?

这些都是盗墓者的杰作,里面肯定已经被洗劫一空了!

图坦卡蒙就比较幸运了。

他的墓室是被我们这些正派的考古专家发现的……

傻笑

傻笑

所以图坦卡蒙可以免受尸骨无存的下场啦!

有机会我一定要教训那些盗墓贼!

就你那点胆量也敢……

哼

你们就是英国的考古学家卡特和卡那伯爵吗？

噢——是的。

你们是……

我叫乐乐淘，这是我的小宠物……

什么？

胆敢欺负我的曾曾……孙子！

我请你喝绿茶。

曾曾曾……爷爷。

好喝！

晕！就事论事，怎么会出现神话人物？

哇，这么多金银珠宝！

没有图坦卡蒙的遗体！

那边还有入口……

我们去看看。

这里还是没有图坦卡蒙的遗体!

怎么办?

墓门一

没事,继续找第三个墓门。

终于找到第三个墓门了——

墓门

我们进去吧!

让我先进去吗?

进去喽!!

哇!

推墓门

呀！不会把我们也烧死在这里吧？

快走吧，现在还没人能找到这个神秘的地下墓室！

那边就是咸阳宫了。

下面就是秦始皇陵的中心区域。

我们现在开始参观秦始皇陵！

好漂亮的墓门！

嗖

哇

乐乐淘……

抖

哇，差点要了你的命！

我没有害怕，也没有发呆！

别发呆了，有什么好怕的？

我说不怕就是不怕。我来带路！

有胆量……

摸

哇！@%#*&&&^%$%……

退

中国皇帝的墓室比埃及法老的气派多了！

呀，这是……

好神奇的火！

而且非常气派！

是啊，中国的皇帝就是不一般！

我们再去前边看看！

哇，气派死了哟！

我们下去看。

就像当了大将军一样。

我也有种奇怪的感觉……

皇帝

这可真是秦始皇的宏伟杰作啊！

我看也就一般！跟我曾曾……爷爷比起来差远了！

你曾曾……爷爷就是那个所谓的弼马温啊！

……

哈哈，快走吧！

10个小时马上就到了……

我们要赶快离开这里！

我们下一站去哪里？

跟着我走就没错。

第14章
诺亚方舟只是传说

坐好了吗?

飞碟内

好了!

飞碟启动

出发!

咻 咻 咻

这小子,又想把吃完的香蕉皮放进我包里!

香蕉皮

你来背着吧,想吃什么就吃什么,想装什么就装什么,给你无限自由!

好重哟!

哼哼,我也累了,就用这个办法……

好吧！我来背。

不是为了听诺亚方舟的传说我才不背呢！

哈哈，小猴真乖！

你查好资料了没有？

可不能让我跟着你白白受冻啊！

我可不敢保证！

你……

我们本来就是探险！诺亚方舟的事还是你自己上网查吧！

我不能向你保证。

哈哈——

突然进来一股凉风，还真有点冷。

是啊！

阿 嚏

阿

让我想起了愉快的南极大冒险。

嗯，南极——企鹅！

是啊，好想念那些可爱的企鹅。不知道它们现在怎么样了。

第15章
小猴的救命尾巴

哈哈，这话我爱听。

我们快走吧！

吓，这儿除了冰就是雪，如同一座水晶山，而且四周岩壁陡峭！

第16章
大难临头

他们逃过一劫，
又继续出发了！

小猴，那就是12世纪的
吴哥古城，漂亮吧？

城墙这么高，里面会有什么风景呢？

或许王子救醒了公主，正在花园里散步。

睡美人的故事没准就是发生在这座城堡里……

里面到底有什么东西？

你爬进去看看不就知道了！

倒

这墙光溜溜的，我挂着拐杖也爬不上去呀！

走了这么久也没找到进去的门！

我们休息会儿吧！

我真的走不动了。走了这么久都没找到门……

你再吵我就要你好看！

大城门耶！

前面有个大城门！

站住！

第17章
国王的贵宾

我叫乐乐淘，尊敬的国王，你跟我的布瓜爷爷长得可真是一模一样啊！

哈哈，真的吗？那你以后就喊我爷爷好了。

国王爷爷！

来人！快去拿些吃的来！

我是孙子！

……

是！我们马上去准备吃的！

吃的来喽！

乐乐淘，你们是从哪里来的呀？

尊敬的国王爷爷——

我们住在很远的地方，那里都传说——

高棉国被您治理得井井有条，百姓安居乐业，尤其是您的城堡建得非常漂亮。

拍马屁

哈 哈 哈 哈

五体投地

吃

佩服得五体投地啦！

我真的好佩服您……哦！

绊

哇哦——

这里的建筑一处比一处宏伟耶——

真是名不虚传！

所有的一切归根结底……是因为这里有一个有能力的国王！

就是本人。

谢谢夸奖，本人就不谦虚了！

城堡四周有四个门。

东边还开了一道偏门。

一共是五个门。

五个门附近，只有北门有几尊石像。

我们先去北门看看，其他的明天再看。

那我们赶紧去北门吧！

不要推，我这把老骨头要散架了！

随便翻，随便看……

好多书哟！

多少年才能看完呀？

唉，一个洋文也看不懂！

这些可都是宝贝啊！

第18章
国王的敌人

城北门

书——宝贝！

我最尊敬读书人，只要有才学——

在我们国家都能谋到好的职位。

出什么事了？

陛……陛……下……邻国……又……又……又……

又什么呀？别吞吞吐吐的！

又派兵来捣乱了！

是的。

抖

什么？邻国来你们这儿捣乱？

国王急忙
赶回王宫!

高棉国大臣紧急
集合!……

国王陛下……

众将领

邻国又派兵来捣乱了，你们几个
赶快去阻挡他们……

是! 我们马上准备!

孩子们，
好样的!

难道要打仗了?

唉!

前几年邻国一直向我国索要财物。

我一让再让——

可他们得寸进尺!

坐下

只要少给一点，他们就来杀害老百姓……

不能再忍让了！

不能再让老百姓受苦了！

我决定——

？？！！

和邻国拼杀到底！

不再忍让！

……

静

高棉国……是……这场战争中彻底的失败者。我好想帮国王爷爷呀！

……

但是我们不能改变历史！

孩子们，该回去吃晚饭了。吃完早点休息，明天有了精神，我带你们去民间走走……

嗯！国王爷爷，我们回去吃饭了。

呵呵，快去吧！

啊！

天黑了吗？

天啊，再过5分钟就满10个小时了！

小猴，小猴，你在哪里？

乐乐淘，别着急，小猴在上边休息呢。让仆人带你去找小猴吧!

仆人

乐乐淘，跟我来吧!

快去吧!

小猴就在上面。

一定要快点找到小猴。

呼

小猴快点起来啊，
我们该走了。

我让你不
起来！

睁开眼睛

哇哇——救命啊，
怎么回事啊？

先把乐乐淘和小猴带进飞碟里，随后飞碟自动起飞！

那是什么？

难道是邻国的新式武器？

勇士们，快去准备！

随时应战！

备战中……

我必胜

第19章
被飞碟强行绑架

乐乐淘和小猴被颠得七上八下，身体不停地撞向船舱的各个角落。

小猴快坐好！

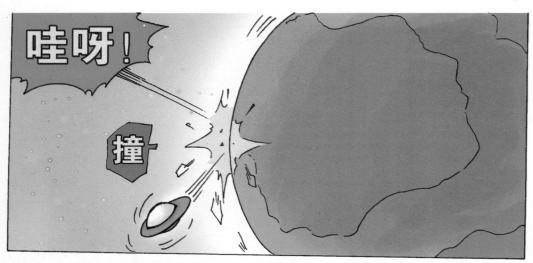

哇呀！

撞

吱吱

吱吱

咦？竟然没事！

小猴，你还好吗？

咻

咻

咻

咻

还活着呢！这一片漆黑的……

都怨你，贪吃贪睡！你背着书包，如果不是我及时赶到，或许在船舱里的就只有你自己啦！

有种被飞碟强行绑架的感觉，真悲哀！

抱紧

何止有点像，简直就是！

以后做什么都要遵守规则——

自觉服从命令！

拍

飞碟自动降落了!

我们这是在哪儿呀?

这里应该就是南美大隧道,我曾在纪录片中看过!

南美大隧道

飞碟是自动降落的,怎么可能正好降到南美大隧道呢?

懒得跟你争辩了!

下去看看不就知道了?

· · · · · ·

直觉告诉我,就是这里!

我们下去吧!

直觉?

舱门自动打开

跳

跳

唉哟

啪

在飞碟里撞来撞去的，现在全身好痛哟！

不过——

话又说回来了，只要能探险——

这点痛算什么！

南美大隧道——

我来啦！

第20章
纯金动物模型

做个破记号有什么意思啊！

先在这里占块宝地，以后我在上面住烦了，就搬来这儿住一段！

就算能来这里也轮不到你！

轮不到你！

那还能轮到你吗？

当然轮不到我啦！因为这里属于厄瓜多尔国……

总统还给了发现者隧道的所有权。

所以啊……

如果你和厄瓜多尔总统没有亲戚关系——

你就老老实实地呆在上面吧!

我也想来这儿住,可惜!

郁闷呐!

别郁闷了,我们去前面看看吧!

这可是古董级的东西。

你小心点，别把它弄坏了。

喘

不然，我们就回不去了。

跳下

没事，没事的……

你看，

完好无损。

这桌子……

148

桌子为什么历经万年还没有腐烂呢？

啊？！

我跟你不一样，我是在研究它们呢。

你看这桌子！

这就是一张好好的桌子嘛，什么都没有！

你又在耍我吧？

让你看的就是这张好好的桌子！

呵呵呵！

· · · · · ·

难道你不感到奇怪吗？这些历经万年的桌椅为什么不开裂、不风化，也不腐烂呢？

其实布瓜博士知道乐乐淘的疑问，但他对这个南美大隧道并不了解，人类对它的研究成果也很有限，为了面子好看，布瓜博士只好找了个借口敷衍乐乐淘。幸好乐乐淘也很识相，没有再问下去。

布瓜博士一心工作——

都不管我们了！

布瓜爷爷 不管我们了！

我们该怎么办呀？

……

咦，我找到祖先了……

第21章
奇异宝物

小猴，我们去旁边的小通道看看！

乐乐淘，那是什么？

吓……

回头

通风井

那是通风井！

通道

转

乐乐淘和小猴走在通道里。

通风井

上面又有一个通风井！

是的，每隔一段距离就有一个通风井！

边看边走……

小猴快点，前面的石板上好像刻着东西！

难道在恐龙时代，这个地下世界——

就存在了吗？

@#^%&(……

做猴子要低调点，不懂就别乱发言！

恐龙早在6500万年前就灭绝了！

人类是从500万年前进化而来的！

除非那个时代恐龙就会打洞！

除非什么？

除非……

好郁闷哦。我什么都不知道，可乐乐淘什么都知道！

哇！

怎么了？

金字塔里的金银珠宝和这些比起来真是太俗了！

石制两面像！

地球

书

竟有这样的宝物！

背面也有月亮、太阳……

太阳

月亮

好奇怪的头盔，有点像耳机，衣服上还有很多按键！

好大的金属书耶！

文字不像手写的，好像是用机器压上去的！

这本约有1000页的书，不知道是用什么金属制成的，而且每一页上都有奇怪的印章！

48厘米

96厘米

里面的文字我都不认识！

哇

外星人！一定是外星人！这里一定是外星人建造的，看那些外星人的雕像就知道！

冷静点，这只是雕像，又不是真人！

逃命吧！

你怎么敢肯定不是外星人呢？

......

嗯，不过，一切皆有可能！

第22章
紧急返回

乐乐淘和小猴回到会客厅里吃东西。乐乐淘拿着饼干，脑子里的问号源源不断地涌出来。他极力整理着各种假设，可是问号有增无减！

怎么不吃东西啊？你在想什么？

去，跟你说也没用！

咱们下一站去哪里？

百慕大三角！那是一个诡异的地方，飞机、轮船到了那里都会出现意外状况！

是布瓜爷爷耶！

乐乐淘！

喃喃

布瓜博士，怎么了？我正好想问您这个大隧道……

紧急情况，快点回来！我检测到飞碟的时间信号出现了异常，如果你们再去百慕大三角，很可能会出现时间差，将你们带到未来世界！

我们马上返回！

小猴，小心点……

飞碟启动键

飞碟

回家真好，提心吊胆的日子总算结束了！

回家后，我要大睡三天三夜！

就知道睡！我回去后要写一本《探索世界大冒险》。

小猴，你回去后是不是还有什么诺言要兑现啊？

好好地想。

诺言，什么诺言？

哈哈，看来你并没有把你的曾曾……爷爷放在心上！

·····

这可是对不起祖先的哦！

图书在版编目（CIP）数据

探索世界大冒险 / 陈浩著 ; 晴天文化绘. — 北京: 中国
轻工业出版社, 2012.5
（升级版小学生科学探险漫画）
ISBN 978-7-5019-8612-5

Ⅰ.①探… Ⅱ.①陈… ②晴… Ⅲ.①漫画：连环画 –
作品 – 中国 – 现代 Ⅳ.①J228.2

中国版本图书馆CIP数据核字(2011)第273091号

责任编辑：张凌云

策划编辑：张凌云　　　　责任终审：张乃东　　　封面设计：含章行文
版式设计：含章行文　　　责任校对：吴大鹏　　　责任监印：马金路

出版发行：中国轻工业出版社（北京东长安街6号，邮编：100740）
印　　刷：北京画中画印刷有限公司
经　　销：各地新华书店
版　　次：2012年5月第1版第1次印刷
开　　本：787×1092　　1/16　　　　　　印张：10.5
字　　数：80千字
书　　号：ISBN 978-7-5019-8612-5　　　定价：25.00元
邮购电话：010-65241695　　传真：65128352
发行电话：010-85119835　85119793　　传真：85113293
网　　址：http://www.chlip.com.cn
Email：club@chlip.com.cn
如发现图书残缺请直接与我社邮购联系调换
111020E2X101ZBW